AF502797

Marcel GUILLEMAUD & Maurice DE MARSAN.

Les Enfants d'Édouard

Comédie en un Acte

DISTRIBUTION
2 H. 3 F.

PARIS
C. JOUBERT, Éditeur, 25, rue d'Hauteville.

Répertoire de la Société Dramatique.

Anciennes Maisons BRANDUS & JOUBERT réunies

C. JOUBERT, Successeur

ÉDITEUR DE MUSIQUE

PARIS. — 25, Rue d'Hauteville, 25. — PARIS

RÉPERTOIRE

DES OUVRAGES DE CONCERT EN UN ACTE

ABRÉVIATIONS : D. Veut dire du répertoire de la Société Dramatique, 8, rue Hippolyte Lebas. — Le surplus appartient au répertoire de la Société Lyrique, 10, rue Chaptal.

LOC. Veut dire : La musique n'est qu'en location et ne se vend pas.

Opérettes et Vaudevilles

AUTEURS	TITRES DES ŒUVRES	Hommes.	Femm	Prix nets
Saint-Maurice.	Abricot (L') d	troupe	»	loc.
De Campisiano..	Absalen.	1	3	6 »
Vallès-Garnier.	Affaire Cœurdeveau (L').	5	1	loc.
F. Bernicat.	Agence Rabourdiu (L').	1	1	5 »
Japy.	A huitaine.	troupe	»	
C. Roland.	Aiguilleur (L') d	1	1	loc.
Bessière-Ruffier.	Ami Vandière (L'). d	7	6	loc.
G. Street.	Amour en livrée (L').	3	1	5 »
Desormrs.	Amour et l'appétit (L').	1	1	4 »
Vallès-Garnier.	Amour et sauvetage.	3	2	loc.
A. Petit.	Amoureux d'Yvonne (Les) d.	5	3	loc.
V. Roger.	Amour Quinze-Vingt (L').	3	1	4 »
Dottin, Boulay-Layrice.	Amours d'un piston (Les).	3	2	loc.
Desormes.	Antoine et Cléopâtre d.	1	2	4 »
Dorfeuil-Moreau	Après la vie de Bohème d.	troupe	»	loc.
J. Emmecé.	A qui le gosse ?.	troupe	»	loc.
M. Chautagne.	Arracheuse de dents (L').	2	1	4 »
Dourel, Roydel, Moujardin	Artistes pour rire d	6	4	loc.
Géraldy.	Ascension du Mont-Blanc (L').	1	1	4 »
Oudot de Gorsse	Au Chat qui pelote d.	troupe	»	loc.
Banès.	Au Coq huppé.	3	2	5 »
Lebreton-Moreau	Au temps des cerises d.	5	3	loc.
Guérineau.	Auteur par amour.	1	2	5 »
Lebreton-Moreau	Autour d'une guérite d.	3	2	loc.
Henry Moreau.	Avant le bal.	1	1	3 »
Colonge, Carofalo, Combret	Baba Bouzouck d.	5	6	loc.
Deransart.	Baigneur et nageuse.	1	1	3 »
Leserre.	Barbe-Bleue.	1	»	2 »
Ratcée-Tranchant.	Bataillon Desroches (Le) d.	10	10	loc.
A. Moyne.	Béguin d.	2	1	loc.
Wachs.	Bibi ou l'Enfant de l'Amour.	1	1	4 »
Moreau-Touzé.	Belle-mère, nouveau jeu.	1	3	loc.
Moreau-Gramet.	Bougnol et Bougnol.	4	2	loc.
Villebichot.	Boum ! Servez chaud.	3	2	4 »
Hubans.	Breland de bègues.	2	1	5 »
D. Bernicat	Cadets de Gascogne.	troupe		loc.
Banès.	Cadiguette (La).	1	1	5 »
Javelot.	Calino amoureux.	2	1	3 »
Cellot.	Canne d'un grand homme (La) d	2	2	loc.
V. Herpin. 3	Capricorne (Le).	troupe	»	loc.
F. Barbier.	Carmagnole (La).	3	3	5 »
Lebreton-Moreau	Carnaval conjugal (Le) d.	9	9	loc.
Chabaud, Colonge, Tranchant	Ce pauvre Bobinet.	2	1	loc.
Chelu.	Chambre à louer.	1	1	2 »
Cuvillier.	Chambre à part d.	4	2	loc.
Henry Moreau.	Chambre de bonne d.	troupe	»	loc.
V. Roger.	Chanson des Écus (La).	3	1	4 »
P. Henrion.	Chanteuse par amour (La) d.	»	1	6 »
E. André.	Chaos (Le).	1	1	4 »
Moreau-Boucherat.	Chasse royale d.	troupe	»	
Lebreton-Moreau	Chasseurs Alpins (Les) d.	6	6	loc.
Cieutat.	Chaste Suzanne (La) d.	troupe	»	4 »
Yvel.	Chéri des Dames.	troupe		loc.
Dourel-Roydel.	Chez la Costumière d	troupe	»	loc.
Meynard.	Chez le dentiste.	3	1	8 »
Lhuillier.	Chez les Corniquets.	1	»	1 »
C. Rosenqueet.	Chicard et Bébé.	1	1	4 »
Ponnier.	Chien et Chat d.	4	1	5 »
Boulay-Layrice.	Choc en retour d.	2	2	loc.
Moreau-Gramet.	Cinq contre un.	3	3	loc.
Villebichot.	Cirque Ponger's (Le).	troupe	»	6 »
Bessière.	Clou (Le) d.	2	2	loc.
L. Collin.	Coco Bel-Œil.	3	1	6 »
A. Petit.	Cocotte et chiffonnier.	1	1	5 »
Villemer, Delormel, Péricand	Colosses de Rhodes (Le).	3	»	4 »
A. Petit.	Confection pour dames.	2	4	5 »
Lebreton-Moreau.	Conscrits bretons (Les) d.	7	5	loc.
L. Collin.	Conscrit tyrolien (Le).	1	1	3 »
Lebreton-Moreau.	Cote et Cocottes.	4	4	3 »
De Roze et d'Arsay	Culotte du marié (scène) (La).	1	»	1 »
Berthelot-Roland.	Daniel dans la fosse aux lions	troupe	»	loc.
Lebreton-Moreau.	Dans cent ans d.	2	11	loc.
Sourilas.	Dégrafée d.	3	3	5 »
L. Lefèvre.	Dernier verre (Le).	2	1	4 »
F Barbier.	Deux amours de chandeliers.	1	1	5 »
F. Matz.	Deux avares (Les) d.	2	1	8 »
Ch. Hubans.	Deux coqs vivaient en paix.	2	1	6 »
F. Gracia.	Deux estafiers (Les).	2	»	2 »
M. Chautagne.	Deux muses (Les).	3	»	4 »
F. Barbier.	Deux parfaits notaires (Les).	2	»	4 »
Hervé-Lecocq.	Deux portières pour un cordon d	3	»	4 »
Moreau-Boucherat.	Diable au Moulin.	5	8	loc.
Gramet-Talber.	Doigt coupé (Le).	troupe	»	loc.
Saint-Maurice.	Doubles Vierges (Les) d.	troupe	»	loc.
Moreau-Gramet	Dragon pour deux.	3	2	loc.
Sourilas.	Drapeau jaune (Le) d.	3	2	4 »
Dottin, Boulay-Layrice.	Duriflard.	5	2	loc.
J. Domerc.	École buissonnière (L').	3	»	3 »
Yver-Septmons.	Eh ! Ohé ! Ladrupette ! d.	2	»	loc.
Trebla-Croisier.	Elle ! d.	5	1	loc.
Ed. Lhuillier.	Elle débute ce soir.	1	1	4 »
Delaruelle.	El senor Piflardino.	1	1	6 »
Marsay.	En colonne d.	troupe	»	loc.
Lebreton-Moreau.	Enfant des balles (L') d.	3	2	loc.
Jallais Hubans.	Enlèvement des Sabines (L').	troupe	»	loc
Lebreton-Duroc	Enragés d.	4	4	loc.
Villebichot.	Entre deux jardins.	1	1	4
Lebreton-Duroc	Entresol d'Eugène d.	4	6	loc.
Garnier-Vallès.	Erreur de Bridouille (L').	3	2	loc.
Banès.	Escargot (L').	2	3	6 »
A. Pajol.	Esprits d'Argenteuil (Les).	4	3	loc.
D. Dihau.	Éternel roman (L').	1	1	4 »
Garnier-Vallès.	Exploits de Malichard (Les).	5	3	loc.
F. Beauvallet.	Faites le jeu, Messieurs d.	3	1	loc.
Moreau-Gramet	Famille Nitouche (La).	3	4	loc.
Lebreton-Moreau.	Farces du Printemps (Les) d.	7	4	loc.
St-Agnan Choler	Faut du prestige (vaud.) d.	8	2	loc.
Lebreton-Duroc	Faut que j'casse la g. à Baptiste d	4	3	loc.
Flers.	Femina d.	troupe	»	loc.
Ch. Gabet.	Femme de Valentino (La) d.	»		loc.
F. Chandoir.	Fête à Claudine (La).	1	1	4 »
E. Duhem.	Fête à M. le Maire (La).	3	2	4 »
Dorfeuil-Bouvet	Fiancé des Nourrices (Le) d.	troupe	1	loc.
Javelot.	Fiancés berrichons (Les).			3 »

Marcel GUILLEMAUD & Maurice DE MARSAN

Les Enfants d'Édouard

Comédie en un Acte

DISTRIBUTION

2 H. 3 F.

PARIS

C. JOUBERT, Éditeur, 25, rue d'Hauteville.

Répertoire de la Société Dramatique.

LES ENFANTS D'ÉDOUARD

Comédie en un Acte

de MM. Marcel GUILLEMAUD et Maurice de MARSAN

Représentée pour la première fois sur la scène du Théâtre du Grand Guignol

Le 15 Janvier 1900

PERSONNAGES

ALCIDE BARTAVEL, 54 ans.	MM	Pons Arlès.
PROSPER GRIVOLET, 50 ans.		François.
ANAÏS BARTAVEL, 37 ans	Mmes.	Henriette Bépoix
LUCRÈCE GRIVOLET, 35 ans		Darlay.
MÉLANIE, 25 ans.		Caumont.

Salon. — Ameublement bourgeois. — Porte au fond et portes latérales.

SCÈNE PREMIÈRE

Bartavel, Grivolet, *puis* **Mélanie.**

Bartavel, *la pipe aux dents, une calotte sur la tête, après avoir consulté la pendule :*

Deux heures ! Edouard ne viendra plus maintenant.

Grivolet

Oh ! non... il a sans doute été forcé d'aller à son bureau, après le déjeuner.

Bartavel

Quel jour sommes-nous donc ?

Grivolet

Le trente et un, la sainte touche !

Bartavel

C'est juste. Tant pis, nous ferons un piquet au lieu d'une manille, voilà tout ! *(Il va à la table à jeu et prend un paquet de cartes.)*

Grivolet

C'est égal, mon vieux, comme je le disais encore à ma femme pas plus tard que tout à l'heure, on ne rencontre pas souvent, dans la vie, des gens comme Edouard.

Bartavel.

Oh ! pour sûr ! Ils sont rares les amis comme celui-là !

Grivolet

Enfin !... Il ne nous doit rien ce garçon, et pourtant, il n'y a pas de prévenances qu'il n'aît pour nous. Et c'est bien désintéressé de sa part !.. Si ta femme ou la mienne étaient des évaporées, on pourrait croire .. mais non, c'est dans sa nature d'être comme ça ..

Bartavel

Et puis délicat !... Tiens... l'autre soir... le jour de la fête de la petite, il lui a apporté une magnifique poupée... et j'ai eu toutes les peines du monde à le retenir à dîner.

Grivolet

Eh bien et moi... pour mon anniversaire... il m'a offert une boîte à cigares à musique... un cadeau superbe !

Bartavel, *se découvrant et montrant sa calotte.*

Edouard !

Grivolet, *tendant la jambe et montrant ses pantoufles.*

Edouard !

Bartavel

Il n'y a pas à dire, c'est un bon ami... mais s'il nous aime, nous le lui rendons bien, n'est-ce pas ?...

GRIVOLET

Ce n'est que trop juste... tout le monde l'adore ici... jusqu'à la concierge qui m'en a dit du bien...

BARTAVEL

Dame ! ça se comprend... il est si gentil avec tout le monde... Voyons.. on fait un piquet ?

GRIVOLET

Si tu veux !... mais je ne sais pas... jouer tous les deux, comme ça... sans Edouard... hein ?... Ça ne te semble pas drôle ?

BARTAVEL

C'est vrai... il nous manque ! *(Mélanie entre apportant deux lettres et un journal qu'elle pose sur la table.)*

MÉLANIE

Voilà le courrier !

BARTAVEL

Merci, ma fille !... *(Se ravisant)* Dites donc, Mélanie... Madame est là ?.

MÉLANIE

Non, monsieur... madame est descendue avec son ouvrage chez madame Grivolet.

BARTAVEL, *à Mélanie.*

Ah ! bien ! *(Mélanie sort.)*

GRIVOLET

Hein, mon vieux, comme nous avons su arranger notre existence ! Habitant la même maison, moi au premier, toi au second, nous pouvons, à toute heure, goûter le charme de notre bonne intimité... Je monte chez toi fumer ma pipe... ta femme descend chez la mienne y faire son crochet...

BARTAVEL

Ou vice-versa ! Oui, nous pouvons le dire, nous sommes des heureux de la vie... *(Prenant la première lettre.)* Tu permets ?..

GRIVOLET

Cette question !.. Tiens je vais faire comme toi... *(Il va au ratelier appliqué au mur, prend une pipe, la bourre et l'allume. Pendant ce temps Bartavel, sa pipe aux dents, déchire l'enveloppe qu'il roule en boule et jette vers la cheminée, puis il prend son lorgnon et l'installe sur son nez ; après quoi, il déplie la lettre.)*

BARTAVEL

Voyons ça... *(lisant :)* « Monsieur... vous êtes cocu...

(Il lâche sa pipe qui tombe et se brise.)

GRIVOLET, *se retournant brusquement.*

Hein ! Qu'est-ce que tu dis ?

BARTAVEL, *cherchant à lire sans y parvenir.*

Je ne peux pas... Je n'y vois plus clair !..

GRIVOLET

Passe-moi ça !.. *(Il lui prend la lettre, lisant :)* « Monsieur, vous êtes cocu, votre femme est la maîtresse d'Edouard et votre enfant est de lui... Un ami. » *(Tous deux se regardent médusés)*

BARTAVEL

Eh bien ?...

GRIVOLET, *d'un air entendu.*

C'est une lettre anonyme...

BARTAVEL

Je le vois bien... Qu'est-ce que tu en dis ?

GRIVOLET

Je n'en dis rien... Mais toi que comptes-tu faire ?

BARTAVEL

Je me le demande...

GRIVOLET

Il n'y a pas à dire... c'est formel... c'est précis. Ta femme serait la maîtresse d'Edouard...

BARTAVEL

Anaïs la maîtresse d'Edouard !... d'Edouard... que je considérais comme mon meilleur ami... après toi... Edouard !!..

GRIVOLET

Hein ? Comme on est trompé !

BARTAVEL

Ah ! je l'ai maintenant l'explication de sa conduite... Voilà pourquoi il était si aimable avec moi... Ah ! ah ! voilà la raison de ses prévenances, de ses cadeaux !

GRIVOLET

Quelle hypocrisie !

BARTAVEL

Maintenant... qu'est-ce qu'il faut que je fasse ?

GRIVOLET

Tu vas lui écrire...

BARTAVEL

Lui écrire !

GRIVOLET

Oui. . une lettre... dans laquelle tu lui diras que... tu sais tout... qu'il est un misérable... et que... que, s'il ne te prouve pas son innocence, tu attends de lui la réparation à laquelle tu as droit..

BARTAVEL

Quelle réparation ?

GRIVOLET

Une réparation par les armes !...

BARTAVEL

Un duel ! Tu n'y songes pas !.. Edouard est plus jeune que moi...il doit faire de l'escrime... tandis que moi, je n'ai jamais tenu une épée...

GRIVOLET

Tu n'en es que plus redoutable.

BARTAVEL

Laisse, donc! Je ne veux pas me faire embrocher!

GRIVOLET, *haussant les épaules.*

Te faire embrocher! sur le terrain, c'est toujours le moins ferré qui... ferre l'autre...

BARTAVEL

Non, décidément, je ne veux pas me battre, je ne le dois pas...

GRIVOLET

Et pourquoi donc, s'il te plait ?

BARTAVEL

J'ai une femme... un enfant...

GRIVOLET

Puisqu'il n'est pas de toi !

BARTAVEL

D'abord, ça n'est pas encore sûr... et quand même ça le serait... je suis son père... légal... Et puis non !... je ne me battrai pas !... je ne le veux pas, ça suffit...Je vais fermer ma porte à Edouard... ce sera déjà un grand sacrifice et tout sera dit.

GRIVOLET, *révolté.*

Et tout sera dit ! Tu as une façon à toi d'arranger les choses... Comment ! Un individu sans scrupules aura pu s'introduire dans ton foyer, séduire ta femme, lui faire un enfant — un enfant que tu nourris, que tu aimes, croyant qu'il est de toi... tu apprends ta honte... ton déshonneur et tu... hésites.. que dis-je ? tu refuses de te battre !.. Oh ! Bartavel !... Bartavel !!

BARTAVEL, *conciliant.*

Eh bien ! écoute... je ne dis pas... on verra... Mais je n'ai même pas d'épées !...

GRIVOLET

Oh ! s'il n'y a que ça... attends... j'en ai chez moi ! Je cours les chercher et je te donnerai une leçon...

BARTAVEL

Comment ! tu connais l'escrime ?...

GRIVOLET

Un peu... Et puis j'ai lu les Trois Mousquetaires. *(Se précipitant vers la porte)* Je reviens de suite.

BARTAVEL, *voulant le retenir.*

Mais non, mon vieux, ne te dérange pas, je t'assure que ce n'est pas la peine !...

GRIVOLET

Si... si... Attends-moi... *(Il sort).*

SCÈNE II

Bartavel, *seul.*

Ah ! quand il a quelque chose dans la tête !... Enfin... qu'il fasse ce qu'il voudra... ce qu'il y a de certain, c'est que moi, je ne me battrai pas avec Edouard. D'ailleurs, rien ne prouve encore... Et pourtant, cette lettre émane sûrement de quelqu'un de bien renseigné. *(Il prend la lettre).* Qui est ce qui a bien pu envoyer ça ?... Je ne connais pas cette écriture !... D'où cela vient-il ?... Où donc ai-je mis l'enveloppe? *(Il regarde sur la table)* Ah ! Je l'ai jetée !... *(Il cherche par terre.* La voilà ! *(Il ramasse l'enveloppe, la déplie et met son binocle)* Comment !.. Qu'est-ce que je vois !... « Monsieur Prosper Grivolet ». Il y a bien Grivolet!... Mais alors... Ah ! Elle est bien bonne !... Ma foi... là-dessus je vais fumer une pipe ! *(Il va prendre une autre pipe au ratelier, la bourre et se prépare à l'allumer quand Grivolet rentre).*

SCÈNE III

Bartavel, Grivolet.

GRIVOLET, *entrant avec deux colichemardes.*

Tiens, voilà de quoi venger ton honneur !

BARTAVEL, *railleur, allumant sa pipe.*

Merci ! Je n'en ai pas besoin... tu peux garder ça pour toi !...

GRIVOLET, *découragé.*

.. Alors... c'est bien décidé, tu ne veux pas te battre ?...

BARTAVEL, *même jeu.*

Non... plus maintenant. . *(Il souffle son allumette)* pour une bonne raison.

GRIVOLET

Quelle raison ?

BARTAVEL

C'est que je n'ai pas d'honneur à venger. La lettre que j'ai ouverte par mégarde .. ne m'était pas adressée .. tiens... vois plutôt. *(Il lui tend l'enveloppe).*

GRIVOLET, *lisant :*

« Monsieur Grivolet .. » Comment !... C'est à moi !...

BARTAVEL, *guilleret.*

Dame ! Il faut croire, mon pauvre vieux !... D'ailleurs .. tu sais, ça m'étonnait tellement...

GRIVOLET, *atterré.*

Oh ! Qu'est-ce que j'apprends ! Alors ce serait moi qui...

BARTAVEL

Parfaitement !... Et c'est toi qui vas te battre avec Edouard...

GRIVOLET

Permets, permets... c'est aller un peu vite ! Quand j'aurai la preuve formelle que cette lettre n'est pas une infâme calomnie...

BARTAVEL

Pardon ! Tout à l'heure quand il s'agissait de moi, tu n'en demandais pas tant ! ..

GRIVOLET

Possible ! Mais la situation n'est pas du tout la même. Songe à ceux qui ont besoin de moi !

BARTAVEL, *sarcastique.*

Parlons-en ! Ta femme ?... la maîtresse d'Edouard !... ton fils ?... il est de lui !..

GRIVOLET, *digne.*

Tu oublies que si mon frère venait à disparaître, c'est moi qui serais nommé tuteur de ses enfants... J'ai charge d'âmes !

BARTAVEL

Tout ça, c'est très joli !... Ça ne me dit pas ce que tu vas faire...

GRIVOLET

D'abord, réfléchir !...

BARTAVEL

Soit !.. mais comme il est très probable que tu seras forcé d'aller sur le terrain... tu peux compter sur moi.

GRIVOLET

Tu as déjà été témoin ?

BARTAVEL

Oh ! plusieurs fois !

GRIVOLET, *surpris.*

Dans des duels ?

BARTAVEL, *bon enfant.*

Non !... en justice de paix !... Mais ça ne fait rien... je connais mon devoir... et jamais, quoiqu'il m'en coûte, je n'hésite à le remplir. *(Après un temps.)* Allons, je vais finir de dépouiller mon courrier. . mais cette fois... attention aux suscriptions... *(Il met son binocle, lisant.)* « Monsieur .. Bartavel » *(Satisfait:)* Ah ! c'est bien pour moi !... *(Il ouvre l'enveloppe)* Voyons ça.. *(Lisant)* « Monsieur, vous êtes cocu...! » *(Il lâche sa pipe qui tombe et se brise.)*

GRIVOLET

Comment ! Encore ?

BARTAVEL

Oh ! pour le coup... c'est trop fort !...

GRIVOLET

Il n'y a que ça ?

BARTAVEL, *regardant la lettre.*

Non ! Attends !... *(Lisant :)* « Monsieur... vous êtes cocu !... Votre femme est la maîtresse d'Edouard, et votre enfant est de lui...

GRIVOLET

Et c'est signé ?

BARTAVEL, *lisant.*

Un honnête homme scandalisé... » Une seconde lettre anonyme !

GRIVOLET, *goguenard.*

Et, cette fois, bien pour toi !!

BARTAVEL

Oui !

GRINVOLET

Hein ? Qu'est-ce que tu dis de ça ?

BARTAVEL

Je dis... Je dis qu'il y a là-dedans quelque chose qui m'étonne...

GRIVOLET

Ça étonne toujours, ces choses-là !...

BARTAVEL

Tu ne me comprends pas... Ce qui m'étonne, c'est la simultanéité de nos... deux infortunes... C'est trop extraordinaire pour être exact... N'est-ce pas ton avis ?

GRIVOLET

Peut-être bien...

BARTAVEL

Voyons... en y réfléchissant... comment veux-tu que nous ayons été trompés... tous les deux... en même temps... par le même individu... sans que jamais, ni l'un ni l'autre, nous ne nous soyons aperçu de rien ?

GRIVOLET, *soudainement éclairé.*

C'est ma foi vrai, tu as raison !

BARTAVEL

Par exemple, il reste quelque chose de possible, de probable même... c'est que l'un de nous deux soit cocu !... un, seulement !... lequel ?...

GRIVOLET

Lequel ? Cruelle énigme !

BARTAVEL, *sentencieux.*

Ecoute Grivolet ! Depuis le temps que nous nous connaissons nous n'avons plus de secrets l'un pour l'autre, n'est-ce pas ?... Nous devons, donc, nous rendre le mutuel service de nous éclairer sur la vertu de celles qui portent notre nom...

GRIVOLET

Très bien !... Si j'ai compris ta pensée, il s'agit de sonder adroitement ces dames... Moi, j'interrogerai madame Bartavel ; et toi, tu tâcheras de confesser Lucrèce...

BARTAVEL

Tout juste !... et pour ne pas perdre de temps... je vais faire monter ma femme... *(Il sort à droite et rapporte un balai avec lequel il frappe le plancher).* Elle va venir !... Et maintenant je m'en vais... Quand elle sera là je descendrai chez toi et je parlerai à Madame Grivolet... *(Il va pour sortir).*

GRIVOLET

Tiens... puisque tu descends... emporte donc les épées...

BARTAVEL

Non ! non ! Je n'aime pas toucher ces choses-là .. On ne sait jamais... il arrive tous les jours des accidents... *(Il sort).*

SCÈNE IV

Grivolet, *puis* **Mme Bartavel.**

GRIVOLET, *prend les épées, les place dans l'angle de la cheminée et soliloque tout en marchant.*

Evidemment... il raison... Edouard n'a certainement pu en tromper qu'un seul ! Mais d'autre part, comme il n'y a pas de fumée sans feu, l'un de nous deux est sûrement cocu ! Mon Dieu ! pourvu que ce soit Bartavel ! Je voudrais bien être fixé... et ça ne va pas être commode de tirer les vers du nez à sa femme... Enfin... je vais toujours essayer... *(La porte du fond s'ouvre. Mme Bartavel paraît).*

Mme BARTAVEL, *du seuil.*

Tiens... Alcide n'est pas là ? Où est-il donc passé ?

GRIVOLET

Chut !... C'est moi qui vous ai appelée... j'ai envoyé Bartavel acheter des cigares...

Mme BARTAVEL, *étonnée.*

Qu'est-ce qu'il y a ?...

GRIVOLET, *très mystérieux.*

Quelque chose de grave... Asseyez-vous là. *(Il lui désigne une chaise)* de très grave ! Il ne faut pas qu'on nous entende...

Mme BARTAVEL

Vous m'effrayez, monsieur Grivolet, voyons... parlez...

GRIVOLET

Chère Madame... chère amie... avez-vous confiance en moi .. la plus entière confiance ?

Mme BARTAVEL

Mais sûrement, Monsieur Grivolet .. on se connaît depuis assez longtemps !...

GRIVOLET

N'est-ce pas ?... Vous me croyez votre ami ! Eh bien, il faut que vous soyez franche... très franche...

Mme BARTAVEL

Je vous en prie, Monsieur Grivolet, parlez...

GRIVOLET

Voilà... J'ai. . trouvé dans mon courrier... une lettre, que j'ai ouverte par erreur .. car elle était adressée à Alcide... c'est une lettre anonyme !

Mme BARTAVEL, *effrayée.*

Une lettre anonyme !!

GRIVOLET

Oui. On lui dit que... que... vous êtes la maîtresse d'Edouard...

Mme BARTAVEL, *très troublée.*

Comment !... On a écrit ça à mon mari ?

GRIVOLET

Oui, ma pauvre amie, et on lui dit aussi que sa fille n'est pas de lui .. que c'est Edouard qui en est le père !...

Mme BARTAVEL, *vivement.*

C'est faux !... Archi-faux ! d'abord...

GRIVOLET

Allons ! Allons ! vous m'avez promis d'être sincère !

Mme BARTAVEL

Mais je suis sincère, monsieur Grivolet.

GRIVOLET, *après un temps.*

Dans ce cas, je peux montrer la lettre à Bartavel.

Mme BARTAVEL, *terrifiée.*

Oh ! je vous en supplie, Monsieur Grivolet, ne faites pas ça !...

GRIVOLET

Pourquoi donc ? Puisque c'est une calomnie... on recherchera le calomniateur ..

Mme BARTAVEL, *haletante.*

Oh ! je vous en conjure, Monsieur Grivolet, non, ne montrez pas cette lettre à Alcide !...

GRIVOLET, *scrutateur.*

Alors ? c'est donc la vérité ? Voyons, ma chère madame Bartavel, ayez confiance en moi ! Il y va de votre intérêt et de votre sécurité !

Mme BARTAVEL, *en larmes.*

Eh bien... oui, monsieur Grivolet, c'est vrai !

GRIVOLET, *à part.*

Ouf ! *(Haut.)* Vous avez été la maîtresse d'Edouard ?

Mme BARTAVEL, *accablée.*

Oui !...

GRIVOLET

Il est encore votre amant ?

Mme BARTAVEL

Oui !

GRIVOLET

Bien ! C'est lui, le père de votre fillette ?

Mme BARTAVEL

Oui !!!

GRIVOLET, *lui prenant les mains.*

Très bien !... Chère et malheureuse amie ! *(A part :)* Pauvre Bartavel ! ..

Mme BARTAVEL

Oh ! allez... monsieur Grivolet... je suis bien excusable... car mon mari... d'ailleurs vous le connaissez !...

GRIVOLET, *paterne.*

Oui... oui. Mon amitié pour Alcide ne m'empêche pas de voir ses défauts...

Mme BARTAVEL

Alors, vous ne me méprisez pas ?

GRIVOLET, *bienveillant.*

Mais non ! mais non !... Et même, entre nous, Bartavel n'a que ce qu'il mérite ! Quand on admet un jeune homme dans son intimité, on ouvre l'œil.

Mme BARTAVEL, *inquiète.*

Il n'a bien aucun soupçon, au moins ?

GRIVOLET, *gaîment.*

Lui ? Vous pouvez être tranquille ! C'en est même ridicule !... *(Riant)* Si je vous disais qu'il n'y a pas de jour qu'il ne me rebatte les oreilles avec l'éloge d'Edouard !

Mme BARTAVEL, *souriant.*

C'est vrai ?

GRIVOLET, *riant.*

Pas plus tard que tout à l'heure... il était comme une âme en peine parce qu'Edouard ne venait pas... Non ! c'est à se tordre ! ma parole ! *(Il s'esclaffe. — On entend le bruit d'une porte.)*

Mme BARTAVEL

Chut ! Le voilà qui remonte !

GRIVOLET, *écoutant.*

Oui ! filez ! Il ne faut pas qu'il s'aperçoive de votre trouble.

Mme BARTAVEL.

Vous avez raison... Je me sauve !.. Et je compte sur vous !

GRIVOLET

Comptez sur moi !

Mme BARTAVEL.

Merci !
(Elle sort par la porte de gauche.)

SCÈNE V

Grivolet, Bartavel.

GRIVOLET, *voyant entrer Bartavel.*

Eh ! bien ?

BARTAVEL

Rien !.. Et toi ?

GRIVOLET

Rien non plus ! Et pourtant... tu peux t'en rapporter à moi, je l'ai tournée et retournée dans tous les sens... elle s'est indignée, voilà tout...

BARTAVEL

C'est comme la tienne... j'ai cru qu'elle allait me manger, quand, plaidant le faux pour savoir le vrai... je lui ai dit : « Madame Grivolet, vous avez un amant ! ».

GRIVOLET, *fanfaron.*

J'ai toujours jugé Lucrèce incapable d'une pareille conduite... tout comme madame Bartavel d'ailleurs ; et c'est uniquement par acquit de conscience que j'ai essayé de la faire parler ; de l'entretien que j'ai eu avec elle, il résulte pour moi que tu peux dormir sur tes deux oreilles ! .

BARTAVEL, *lui tapant sur l'épaule.*

Tout comme toi, mon vieux !

GRIVOLET

Ces lettres sont l'œuvre d'un mauvais plaisant... qui voulait semer la zizanie dans nos ménages... quelque misérable envieux...

BARTAVEL

Mais il en sera pour ses frais (*A part.*) Laissons-le lui croire !

GRIVOLET, *à part.*

Comme ça, il est rassuré !..

BARTAVEL.

Et dire que nous voulions nous battre avec Edouard !

GRIVOLET

Non, vois-tu... si nous l'avions tué ! Ce que c'est que la colère ! Elle nous a fait oublier en un instant... cinq ans de franche amitié... de prévenances... de bons offices...

BARTAVEL

Et tout cela sur la foi de quoi ? d'un méchant bout de papier sans signature.

GRIVOLET

Une lettre anonyme !.. C'est-à-dire une lettre qu'un galant homme ne devrait même pas décacheter.

BARTAVEL

Tiens ! veux-tu que je te dise ?.. Eh bien... j'ai des remords !

GRIVOLET

Moi aussi, mon vieux, j'en ai !

BARTAVEL

Dis-donc... si nous allions chercher Edouard à son bureau ?

GRIVOLET

C'est une idée ! Ça lui fera plaisir à ce garçon... Et puis ce sera pour nous comme un pèlerinage de réparation !..

BARTAVEL

Et nous le ramenons dîner !..

GRIVOLET

C'est ça... Chez moi !

BARTAVEL

Ah ! non, mon vieux, chez moi !

GRIVOLET

Pourquoi plutôt chez toi ?

BARTAVEL

C'est moi qui ai eu l'idée.

GRIVOLET

Ce n'est pas une raison... Enfin... soit ! Ce sera mon tour demain, voilà tout !

BARTAVEL, *sonnant.*

Je vais prévenir ma femme !

GRIVOLET

Ah ! à propos... N'oublie pas... je lui ai dit tout à l'heure, pour expliquer ton absence, que tu étais allé au bureau de tabac.

BARTAVEL

Bon !

MÉLANIE, *entrant.*

Monsieur a sonné ?

BARTAVEL

Oui, ma fille. Dites à Madame que je la prie de venir à l'instant.

MÉLANIE

Bien, monsieur ! (*Elle sort.*)

GRIVOLET

Tiens, mon cher... Nos femmes ! en voilà que nous avons aussi soupçonnées indignement !

BARTAVEL, *doctoral.*

Ah ! que veux-tu ? Nous ne faisons pas exception... nous ne les valons pas !

GRIVOLET, *même ton.*

Il y a longtemps qu'on l'a dit : ce qu'il y a de meilleur dans l'homme, c'est la femme !...

SCÈNE VI

LES MÊMES, **Mme Bartavel.**

Mme BARTAVEL, *entrant.*

Tiens, bonjour, monsieur Grivolet !...

GRIVOLET

Chère madame !

Mme BARTAVEL, *un peu inquiète.*

Tu me demandes, Alcide ?

BARTAVEL

Oui poulette !... Je t'annonce trois convives pour ce soir... Grivolet... sa femme... et Edouard!

Mme BARTAVEL, *surprise.*

Très bien !... mais je ne sais pas si j'ai un dîner convenable...

GRIVOLET

Oh !... Vous savez... si vous faites des cérémonies pour nous...

BARTAVEL

Mais non... mais non... ce sera à la fortune du pot !... Tu feras monter simplement deux bouteilles de Saint-Emilion. Moi, en revenant, je rapporterai un Saint-Honoré !

Mme BARTAVEL

Tu sors donc ?

BARTAVEL

Oui... avec Grivolet. Nous allons chercher Edouard à son bureau...

GRIVOLET

Dis-donc... je vais me chausser... moi. Tu me prendras en passant...

BARTAVEL

C'est entendu.

GRIVOLET

Chère madame... à tout à l'heure. (*Il sort.*)

SCÈNE VII

Bartavel, Mme Bartavel.

Mme BARTAVEL

En quel honneur ce dîner impromptu ?

BARTAVEL, *très gai.*

En l'honneur de rien ! Nous allons prendre l'apéritif avec Edouard .. nous l'emmènerons dîner, c'est tout naturel... (*Se frottant les mains et riant :*) Ce brave Edouard !

Mme BARTAVEL

Qu'est-ce que tu as à rire ?

BARTAVEL

Rien... rien...

Mme BARTAVEL

Comment... rien ! Tu ris sans raison, maintenant !...

BARTAVEL, *riant.*

Je viens d'en apprendre une bien bonne.

Mme BARTAVEL

Quoi donc ?

BARTAVEL, *se ravisant.*

Non !... C'est un secret qu'on m'a confié... et vous avez une langue, vous autres femmes !...

Mme BARTAVEL

Parlons-en !... Comme si les hommes n'étaient pas tout aussi bavards.. Je parie que c'est encore Grivolet qui t'a raconté quelque potin !

BARTAVEL, *riant.*

Non, tu n'y es pas ! Mais c'est très drôle ce que tu viens de dire... Il s'agit justement de Grivolet ! Tu ne t'es jamais douté de rien sur sa femme ?

Mme BARTAVEL, *étonnée.*

Non !...

BARTAVEL, *confidentiel et guilleret.*

Eh bien... ce pauvre ami est cornard !

Mme BARTAVEL, *stupéfaite.*

Non !

BARTAVEL

Comme je te le dis !... Et devine un peu quel est le gaillard qui se charge de le coiffer ?

Mme BARTAVEL

Comment veux-tu que je devine !

BARTAVEL, *riant.*

Edouard !

Mme BARTAVEL, *très troublée.*

Hein !... Edouard !

BARTAVEL, *s'esclaffant.*

Oui.. poulette ! .. Edouard !... Tu ne t'attendais pas à celle-là !

Mme BARTAVEL, *se remettant.*

Ah ! non !...

BARTAVEL, *riant.*

Et tu sais... son fils... le petit Désiré... qu'il aime tant... il est d'Edouard !...

Mme BARTAVEL

Qui est-ce qui te l'a dit ?

BARTAVEL, *embarrassé.*

Qui ?... Ecoute... pour ça... tu me permettras...

Mme BARTAVEL

Ne fais donc pas de mystère:.. je le sais moi, qui te l'a dit !...

BARTAVEL, *surpris.*

Ah ! .. tu le sais ?...

Mme BARTAVEL

Parfaitement !.. C'est le marchand de tabac !.. çe n'est pas vrai ?...

BARTAVEL, *prenant la balle au bond.*

Si... si... c'est le marchand de tabac !... On ne peut rien te cacher.

Mme BARTAVEL

En voilà un sale cancanier... celui-là !... Et toi... tu écoutes bénévolement toutes les insanités qu'il te débite !...

BARTAVEL

Permets ! Ce ne sont pas des insanités. Entre nous, Grivolet n'a-t-il pas tout ce qu'il faut pour ça ! Quand on reçoit un célibataire dans son intérieur, on le surveille, que diable ! Penses-tu que je t'aurais laissée des heures seule avec Edouard, comme Grivolet a laissé sa femme ? Non ! on n'introduit pas aussi bêtement le loup dans la bergerie !

Mme BARTAVEL, *un peu inquiète.*

Alors, tu crois vraiment que madame Grivolet...

BARTAVEL

Je te dis que j'en suis sûr ! D'ailleurs... tiens ! tu n'as jamais songé à remarquer la coiffure du petit Désiré ?

Mme BARTAVEL

Ma foi, non !

BARTAVEL

Il est coiffé « aux enfants d'Edouard » ! Si ce n'est pas une grave présomption ça... sinon une preuve !...

Mme BARTAVEL

Oui.. tu as raison, c'est bien une délicatesse de femme !

BARTAVEL, *riant.*

Délicatesse pour Edouard !... pas pour Grivolet ! ..

Mme BARTAVEL

Naturellement !

BARTAVEL

Et le plus plaisant c'est que c'est ce bon Grivolet qui mène le petit chez son coiffeur... et il ne manque jamais de dire au garçon : « aux enfants d'Edouard... ma femme y tient ! » *(Il s'esclaffe)*

Mme BARTAVEL

Pauvre homme ! Je suis sûre que c'est lui qui a eu l'idée, tout à l'heure, d'aller chercher Edouard ?

BARTAVEL

Non, c'est moi ! Exprès ! Tu comprends, il ne faut pas que nous ayons l'air de moins aimer ce garçon ! Grivolet se demanderait pourquoi.

Mme BARTAVEL, *vivement.*

C'est juste !

BARTAVEL

Mais il voulait à toute force que le diner eût lieu chez lui... C'est à se tordre, je te dis !

Mme BARTAVEL

Tu oublies qu'il doit t'attendre !

BARTAVEL

C'est vrai. Allons, poulette, je me sauve... Nous serons là à sept heures... que le dîner soit prêt !

Mme BARTAVEL

Sois tranquille !

BARTAVEL, *riant.*

Pauvre Grivolet !

(Il sort.)

SCÈNE VIII

Mme Bartavel, *seule, puis* **Mélanie**.

Mme BARTAVEL, *seule.*

Eh bien .. pour une venette... en voilà une !.. Ah ! si maintenant on se met à jaser sur Edouard dans le quartier... ça va faire du beau ! Tant qu'Alcide croira que c'est de madame Grivolet qu'il s'agit, ça ira bien... mais qu'une nouvelle lettre anonyme lui soit envoyée et lui parvienne cette fois... j'en frémis !.. C'est un homme qui serait terrible !.. Qui diable a bien pu écrire la lettre de ce matin ?.. *(Elle réfléchit.)* Je ne vois pas... à moins... mais oui, que je suis bête ! Les domestiques, ce sont des ennemis que l'on a chez soi !.. Je vais tirer cela au clair, tout de suite... *(Elle va ouvrir la porte et appelle.)* Mélanie !

MÉLANIE, *à la cantonade.*

Madame ?..

Mme BARTAVEL

Venez ici, j'ai à vous parler...

MÉLANIE, *entrant.*

Voilà, madame ?

Mme BARTAVEL

Mélanie, ma fille, vous allez être franche...

MÉLANIE

Mais, madame...

Mme BARTAVEL

Laissez-moi parler ! Et rappelez-vous bien que, si vous me dites la vérité, je pourrai me montrer indulgente, peut-être même vous pardonner...

MÉLANIE

Mais, madame...

Mme BARTAVEL

N'interrompez pas !.. Tandis que si vous mentez... je serai impitoyable !

MÉLANIE

Mais, madame...

Mme BARTAVEL

Taisez-vous !.. Mélanie... monsieur a reçu ce matin une lettre... une lettre anonyme...

MÉLANIE, *étonnée.*

Une lettre anonyme ?..

Mme BARTAVEL

Oui.. parfaitement ! Une lettre anonyme. Ce n'est pas la peine de faire l'étonnée, je sais à quoi m'en tenir !..

MÉLANIE

Madame... je vous assure...

Mme BARTAVEL, *impatientée.*

Voulez-vous me laisser finir !.. Une lettre anonyme dans laquelle on parlait de monsieur Edouard...

MÉLANIE, *troublée.*

De monsieur Edouard ?..

Mme BARTAVEL

Ah ! ah ! vous commencez à comprendre !.. Alors, vous devez savoir qu'il est aussi question d'un enfant dont monsieur Edouard serait le père ?..

MÉLANIE, *très troublée.*

Mais, madame... je vous jure...

Mme BARTAVEL

Oh ! ne jurez pas... il est inutile de nier ! Je vous répète que je suis fixée... Soyez franche... le pardon est à ce prix !..

MÉLANIE, *prête à pleurer.*

Madame, si je suis coupable, c'est bien malgré moi !..

Mme BARTAVEL, *triomphante.*

Enfin ! vous avouez.. J'en étais sûre...

MÉLANIE, *larmoyant.*

Oui, madame... je suis bien forcée!..

Mme BARTAVEL

Ah ! c'est comme ça !.. Eh bien... misérable fille... vous pouvez aller faire vos paquets... je vous chasse, vous entendez !..

MÉLANIE, *éclatant en sanglots.*

Oh ! madame... ce n'est pas ma faute ! — C'est monsieur Edouard...

Mme BARTAVEL, *interloquée.*

Comment ? Monsieur Edouard ?

MÉLANIE

Oui... c'est vrai... madame .. c'est monsieur Edouard qui est le père de ma petite. .

Mme BARTAVEL, *abasourdie.*

Le père de votre petite !!

MÉLANIE, *sanglotant.*

Oui... madame !.. Il m'a eue sage, madame ! Moi... je ne voulais pas... mais le soir... en sortant d'ici... après la partie, il montait dans ma chambre...

Mme BARTAVEL, *suffoquée.*

Eh bien ! c'est du propre !.. Alors, monsieur Edouard vous a séduite !

MÉLANIE

Oh ! c'est pas qu'il m'ait séduite... je ne le trouvais pas déjà si beau !

Mme BARTAVEL

Il ne vous a pourtant pas prise de force.

MÉLANIE

Oh ! presque, madame... allez... je puis bien le dire...

Mme BARTAVEL

Le misérable ! Et ça dure toujours ?

MÉLANIE

Il vient encore de temps en temps...

Mme BARTAVEL

Ah ! ah !.. Vous ne faites plus tant de cérémonies !..

MÉLANIE

Mon Dieu, madame, à la longue, j'ai fini par m'y habituer... et puis, à cause de ma petite...

Mme BARTAVEL

Eh bien... ma fille, il faudra que ça cesse... si vous voulez que je vous garde... vous m'entendez !.

MÉLANIE, *joyeuse.*

Madame ne me renvoie pas ?

Mme BARTAVEL

Non... A cette condition ! Et nous verrons avec monsieur ce que nous pouvons faire pour votre enfant...

MÉLANIE, *joyeuse.*

Oh ! que madame est bonne !.. je ne sais comment prouver ma reconnaissance à madame...

Mme BARTAVEL

En rompant complètement avec Monsieur Edouard.

MÉLANIE, *avec élan.*

Alors, madame peut bien en être sûre !..

Mme BARTAVEL

Bon ! maintenant, Mélanie, retournez à votre cuisine... je sais tout ce que je voulais savoir...

MÉLANIE, *expansive.*

Oh ! que je suis contente !... Si Madame s'intéresse à ma petite... il n'y a pas de danger que je revoie monsieur Edouard... surtout après ce que j'ai appris...

Mme BARTAVEL

Quoi donc ?...

MÉLANIE

Que l'enfant de la concierge est de lui...

Mme BARTAVEL, *suffoquée.*

Hein ! L'enfant de la concierge !..

MÉLANIE

Oui... Madame !

Mme BARTAVEL

Vous en êtes sûre ?

MÉLANIE

Dame ! c'est elle-même qui me l'a dit...

Mme BARTAVEL, *au comble de l'indignation.*

Mais c'est épouvantable !... *(Violent coup de sonnette).* Allez ouvrir... Mélanie... *(Mélanie sort).*

SCÈNE IX

Mme Bartavel, *seule ; puis* **Mme Grivolet.**

Mme BARTAVEL, *seule.*

Oh ! le misérable ! Oh ! l'infâme !... me tromper avec ma bonne... avec une concierge... sous mon toit... dans ma maison... presque sous mes yeux !.. Et moi qui ne me doutais de rien !

Mme Grivolet, *entrant en coup de vent.*

Ce n'est que moi !

Mme Bartavel *étonnée.*

Qu'y a-t-il, ma chère madame Grivolet ?.. vous paraissez toute émue !...

Mme Grivolet

Oh ! ma chère... si vous saviez ! ..

Mme Bartavel

Quoi donc ? Asseyez vous !

Mme Grivolet, *s'asseyant.*

Ah ! volontiers ! j'en suis encore toute bouleversée. . Mes pauvres jambes flagcollent..

Mme Bartavel

Remettez-vous... mais parlez .. je vous en prie !

Mme Grivolet

Vous savez .. Clémence ?... ma bonne... Eh bien, ma chère, je viens d'en apprendre du joli sur son compte !

Mme Bartavel

Elle vous vole ?...

Mme Grivolet

Si ce n'était que ça ! Figurez-vous que tout, à l'heure, ayant un renseignement à lui demander, je lui pose quelques questions... et la voilà qui se trouble... qui fond en larmes... qui m'avoue tout !...

Mme Bartavel

Mais quoi ? Tout ?

Mme Grivolet

Elle reçoit, la nuit, un homme dans sa chambre !

Mme Bartavel

Quelle horreur !... Vous savez... tous ces domestiques, au sixième...

Mme Grivolet

Mais ce n'est pas un domestique !...

Mme Bartavel

C'est le père de son enfant... sans doute ?...

Mme Grivolet

Justement !.. et devinez comment il s'appelle le père de son enfant ?... Edouard ! oui, ma chère, c'est Edouard !. .

Mme Bartavel, *foudroyée.*

Edouard !!!

Mme Grivolet

Hein !... ça vous suffoque...

Mme Bartavel

Oh !... l'ignoble individu !...

Mme Grivolet

C'est bien le mot !

Mme Bartavel

Ma pauvre madame Grivolet... vous ne savez pas encore tout !... Si je vous disais que Mélanie aussi...

Mme Grivolet

Votre bonne ?

Mme Bartavel

Oui... Mélanie ! Edouard est le père de sa petite fille !...

Mme Grivolet

Mais c'est une abomination !

Mme Bartavel

Et voilà le triste personnage que nous recevions !

Mme Grivolet

Qui aurait jamais pu se douter !...

Mme Bartavel

Quand je pense que ce monsieur a osé me faire la cour... car il m'a fait un instant la cour...

Mme Grivolet

Mais à moi aussi, ma chère! Il a eu cette audace!

Mme Bartavel

Quel toupet!!. Si nous n'avions pas été des honnêtes femmes, tout de même ! !

Mme Grivolet

Heureusement, il a trouvé à qui parler.

Mme Bartavel

Et j'espère bien que vous n'allez plus recevoir un pareil goujat !

Mme Grivolet

Oh ! Quant à ça, il ne mettra plus les pieds à la maison, c'est moi qui vous le dis !...

SCÈNE X

Les Mêmes, **Bartavel**, **Grivolet**.

Bartavel, *entrant avec Grivolet.*

Ah ! vous êtes là ! Eh bien, nous allons vous en apprendre de belles !...

Grivolet

C'est un joli muffle... votre Edouard !...

Mme Bartavel

Qu'est-ce qu'il a encore fait ?...

Bartavel

Attendez !... Vous savez que nous étions partis le chercher à son bureau... Là on nous dit qu'il n'y a pas paru de la journée.

Grivolet

Alors, nous passons chez lui...

Bartavel

Et qu'est-ce que nous apprenons ?... Je vous le donne en mille !...

Grivolet, *scandant les syllabes.*

Il se marie !...

Mme Bartavel et Mme Grivolet

Il se marie !!

Bartavel

Oui... comprenez-vous ça ! il se marie aujourd'hui même, sans nous avoir invités... sans même nous avoir prévenus

Grivolet

Nous qui le recevions si bien... qui le traitions en ami !

Bartavel

Mieux qu'en ami !

Mme Grivolet

Et je parie qu'il fait un beau mariage !

Mme Bartavel, *rageuse.*

Naturellement ! Il n'aura plus besoin de nous !

Bartavel

Ah ! il a su mener sa barque, le chenapan !...

Grivolet

Trois cent mille francs de dot !

Mme Grivolet

Comment a-t-il fait ?

Bartavel

C'est bien simple... il a fait deux jumeaux à la jeune fille !

Tous

Oh ! cet Edouard !!!

RIDEAU

Vannes — Imprimerie Lafolye. — 797-900.

AUTEURS	TITRES DES ŒUVRES	Hommes	Femmes	Prix nets
Soulié	Fiancés du bonnet de coton (Les)	1	1	5 »
L. Vasseur	Fichue idée d	2	1	5 »
Brigliano-Talber	Fichue situation d	troupe	»	loc.
Liouville	Fièvre phylloxérique (La)	3	2	4 »
Berthe	Fille du charpentier (La)	3	1	5 »
Lebreton-Moreau	Fille du marin (La) d	8	7	loc.
Lebreton-Soudant	Filles de la Cantinière (Les) d	troupe	»	loc.
Lebreton-Moreau	Fils à Papa (Le) d	troupe	»	loc.
Chanlieu et Battaille	Fils de M. Alphonse (Le) (vaud.) d	troupe	»	loc.
Duroc-Mailfait	Five O'Clock de la Baronne	7	2	loc.
Villebichot	Fleuriste et typographe	1	1	5 »
Lebreton-Talber	Foire aux nichons (La) d	7	7	loc.
Pradels-Quinel	Fosse aux ours (La)	troupe	»	loc.
Divers	Françoise les bas bleus d	troupe	»	loc.
Lebreton-Beissier	Frangine (La) d	troupe	»	loc.
Divers	Fantrognon d	8	11	loc.
Lebreton-Moreau	Frère de lait (Le)	1	2	4 »
Carin-Tomy	Friper's and Cº d	troupe	»	loc.
Lebreton-Moreau	Friquet d	9	7	loc.
Cieutat	Furet (Le)	»	1	4 »
Moreau-Touzé	Gai gai mariez-vous !	4	3	loc.
Divers	Gavroche et Loup de mer	1	1	loc.
Froyez-Colias	Grand Duc Moleskine (Le) d	6	6	loc.
Lefort	Grand papa de la chanson (Le) d	1	1	3 »
Lebreton-Blairat	Grenouille (La) d	4	2	loc.
Moreau-Marcus	Grève des facteurs (La)	2	2	loc.
M.-Brisac	Guerre aux hommes (La) d	6	7	loc.
Lebreton-Nicolai	Gueule d'Or d	6	6	loc.
Lebreton-Moreau	Héritière de Carapattas (L') d	8	8	loc.
Villebichot	Hirondelles de la rue (Les)	»	2	3 »
Lebreton-Blairat	Homme pâle (L') d	4	2	loc.
Lebreton-Duroc	Hôtel d'Artistes d	troupe	»	loc.
Lebreton-Duroc	Hôtel de Noblepanne d	4	4	loc.
Darantière et Bouvet	Hôtel du lac bleu (L') d	7	6	loc.
Dourel-Jost	Hôtel modèle d	7	7	loc.
Autigeon-Dourel	Hypnotiseur malgré lui (L') d	3	2	loc.
Moniot	Jacotte	1	1	5 »
Liger-Aubrun	J'ai perdu Virginie	3	1	loc.
Nargeot	Jeanne, Jeannette et Jeanneton d	2	3	8 »
Michiels	Jefque et Trinne	1	1	4 »
Lebreton-Soudan	J'épouse ma bonne d	5	4	loc.
A. Perronnet	Je reviens de Compiègne	»	1	4 »
Bernicat	Jeunesse de Béranger (La)	3	1	6 »
Lebreton-Moreau	Jocrisses du mariage (Les) d	troupe	»	loc.
B. Lebreton	Joies du divorce (Les) d	troupe	7	loc.
L. Collin	Journée aux soufflets (La)	1	1	4 »
Herpin	Ki-Ki-Ri-Ki d	troupe	»	loc.
Robillard	La vengeance de Ramoli	2	1	4 »
Desormes	Leçon de musique (La)	1	1	4 »
J. Clérice	Léda d	troupe	»	loc.
Cazaneuve	Loi du pal (La) d	troupe	»	5 »
Herpin	Lune de Miel (La) d	4	1	loc.
Moreau-Gramet	Ma Colonelle	2	2	loc.
Clairville fils	Madame la baronne d	1	1	4 »
Wachs	Madame le docteur	2	1	4 »
V. Roger	Mademoiselle Louloute	2	2	5 »
Bessière-Marinier	Maire et Martyr d	3	2	loc.
Talexy	Maître Grelot	3	2	7 »
Bouvet	Major Purjotin (Le)	4	3	loc.
Moyne-Jacoutot	Mamzelle Claudinette d	3	2	loc.
T'ar Nemw Celval	Mamzelle Culot	troupe	»	
De Lajarte	Mam'zelle Pénélope d	3	1	7 »
Fransois	Mandat (Le) d	troupe	»	lo .
Jouhaud	Mariages riches	1	1	3 »
Moniot	Marianne et Jeannot d	1	2	8 »
Tollet	Marié sans l'être	4	»	3 »
Moreau-Duroc	Maris jaloux (Les)	5	2	lo .
Simiot	Mariés de Nanterre (Les)	1	2	4 »
Gresset-Bernard	Méfiez-vous d'Oscar d	2	2	loc.
E. André	Melon (Le) (monologue saynète)	1	»	2 »
Moreau	Ménage Poire	troupe	»	loc.
Desormes	Menu de Georgette (Le)	3	2	8 »
Ch. Gabet	Mérite des femmes (Le) d	4	4	loc.
Moreau-Boucherat	Médjidié (Le)	2	2	loc.
Soudant	Mimi Vadrouille	troupe	»	
Lebreton-Moreau	Miss Kissmy d	5	5	loc.
Beissier	Miss Million d	troupe	»	loc.
Bessier-Moreau	Môme aux Camélias (La) d	troupe	»	loc.
Bessière-Ruffier	Môme aux grands yeux (La) d	8	6	loc.
Chassaigne	Monsieur Auguste d	1	1	3 »
Garnier-Vallès	Monsieur ma belle mère	2	3	loc.
Lebreton-Moreau	Monsieur Sans Gêne d	troupe	»	loc.
Blairat-Neuzillet	Mouche (La) d	troupe	»	loc.
Moreau-Touzé	Mouche du Coche (La)	4	2	loc.
Joly	Myope et presbyte d	1	1	4 »

AUTEURS	TITRES DES ŒUVRES	Hommes	Femmes	Prix nets
Desormes	Nègre de la Porte St-Denis (Le)	3	3	3 »
E. Lhuillier	Nez enchanté (Le)	1	1	3 »
Dorfeuil-Moreau	Le Nez de Cyrano d	troupe	»	loc.
Herpin	Noce à Grospoulot (La)	5	7	loc.
F. Barbier	Noce à Suzon (La)	1	1	4 »
L. Collin	Noces d'or (Les)	2	1	5 »
Moreau-Gramet	Nos petites Chattes	3	5	loc.
Dorfeuil-Guillemaud-Duharnois	Nos pioupious d	troupe	»	loc.
Lebreton-Moreau	Nos voisins d	6	6	loc.
V. Roger	Nourrice de Montfermeil (La)	2	3	6 »
Ch. Gabet	Nouvel Achille (Le) (vaud.) d	3	1	loc.
Touzé Prud'homme	Nuit de Noces de Beauflanchet	6	1	loc.
Jacobi	Nuit du 15 octobre (La) d	3	4	6 »
Dédé fils	Oncle et Neveu	3	»	3 »
Louis Bouvet	Oncle Maboulin (L')	4	4	loc.
Bessière-Ruffier	Ordonnance Bezuchet (L') d	troupe		loc.
Berthelot Roland	Othello chez Thaïs d	3	5	loc.
Dufils	Paille et la Poutre (La)	»	2	6 »
Billemont	Pantalon de Casimir (Le)	1	1	6 »
A. Petit	Par autorité de Justice d	5	3	loc.
Dorfeuil-Moreau-Dédé	Paris aux Courses d	8	8	loc.
F. Barbier	Par la fenêtre	1	1	4 »
J. Walter	Par la Gymnastique d	2	1	loc.
Henry Moreau	Partie de Campagne d	troupe	»	loc.
Ed. Lhuillier	Pasquinette	1	1	3 »
Bénédite-Jaucourt	Le pays Vierge d	troupe	»	loc.
Perrault-Maty	Perruche de ma femme (La) d	4	3	loc.
Tréblat-St-Cyr	Personne (drame en 5 minutes)	2	1	1 »
L. Collin	Petit Spahi (Le)	3	3	5 »
Lebreton-Moreau	Petite baronne (La) d	troupe	»	loc.
Linas	P'tite bête vit encore (La) d	1	1	4 »
Lebreton-Moreau	Petite colonelle (La) d	8	3	loc.
id.	Petites Menichons (Les) d	troupe	»	loc.
A. Petit	Petits lapins (Les) d	troupe	»	loc.
Maurey et Jimbu	Petits Trottins (Les) d	5	6	loc.
J. Clérice	Phrynette d	troupe	»	loc.
A. Alavoine	Plumechat et Cie d	4	6	loc.
F. Barbier	Points jaunes (Les)	1	1	5 »
Cinoh-Verdellet	Pompier d'Endoume (Le)	5	2	loc.
Gresset-Bernard-Letorey	Pompier d'Ernestine (Le) d	2	2	loc.
Autigeon-Dourel	Poste restante 222 d	4	3	loc.
F. Barbier	Poupée automate (La)	1	1	4 »
Fay	Pour qui le gosse ?	2	3	loc.
A. Lambert	Première brouille (La) comédie	»	1	1 »
F. Barbier	Premières armes de Parny (Les)	1	3	5 »
Moreau	Professeur de chant (Le)	1	1	3 »
De Ste-Croix	Pygmalion d	1	2	6 »
Garnier-Héros	Queue du Diable (La) d	troupe	»	loc.
Delilia-Héros	Qui va à la Chasse	2	2	loc.
L. Collin	Qui se dispute s'adore	1	1	4 »
Villebichot	Réponse du Berger (La)	1	1	4 »
Jacoutot	Retour de Kerdrec (Le)	troupe	»	4
Meugé	Retour de Margotte (Le)	1	1	4 »
Roques	Retour de Mars (Le)	1	2	4 »
L. Collin	Retour de Musette (Le)	1	1	4 »
Autigeon-Dourel	Revanche de Verluisant (La) d	5	2	loc.
Ch. Thony	Robes et Manteaux d	5	4	loc.
F. Chaudoir	Roi Claquette (Le) d	9	8	6 »
Briollet-Yvel	Roi koku (Le) d	troupe		loc.
Desormes	Roland furieux	3	1	5 »
L. Desormes	Romance impossible (La)	2	»	2 »
Ch. Gabet	Rosière de Valentino (La) d	3	1	loc.
Michiels	Rosière d'Interlaken (La)	1	1	4 »
Ch. Gabet	Ruy Black (v.) d	troupe	»	loc.
Claments	Saint-Yvon (La) d	2	1	5 »
Ch. Lecocq	Sauvons la caisse d	1	1	6 »
Marat-Lefebvre-Boniamy	Septième Escouade (La) d	9	7	loc.
R. Planquette	Serment de Mme Grégoire (Le)	1	1	8 »
Lebreton-Soudan	Serment du marin (Le) d	4	2	loc.
Lebreton-Moreau	Signe de Léda (Le) d	troupe	»	loc.
Ouvier	Simone et Boquillon	2	1	5 »
Lebreton-Duroc	Soir de Noce d	4	4	5 »
Maillait	Soirée bourgeoise	2	2	loc.
Leserre	Soirée d'amateurs. pochade	5	»	1 »
Lebreton-Moreau	Soldat !	troupe	»	loc.
Gresset	Souffleur par amour d	3	1	loc.
Meyan	Soupirs du cœur	2	3	5
Ch. Malo	Souviens-toi de Clémentine	2	1	
Moreau-Darsay	Spiritisme des Familles	4	4	
Tac-Coen	Suzette, Suzanne et Suzon	1	3	loc.
Wachs	Tata chez Toto	2	1	4 »
Lempereur et Pimard	Témoin (Le)	3	1	loc.
Chassaigne	Toc	2	2	4 »

Livrets d'opéras et opéras-comiques, net : 2 fr. — Livrets d'opérettes, net : 1 franc.

Pour la location de l'orchestre ou l'abonnement, s'adresser à l'Editeur

AUTEURS	TITRES DES ŒUVRES	Hommes	Femmes	Prix net
Hervé.	Toinette et son carabinier. .	2	1	5 »
Bessler-de Gorsse..	Tonton d.	3	3	6 »
Wachs.	Totor et Titine.	2	1	loc.
Hubans	Tour de Moulinet (Le) d. .	2	1	4 »
Cartier.	Train des Maris (Le)	2	1	8 »
Moreau-Duroc .	Tranquil'hôtel.	5	4	4 »
Moreau-Darsay.	Trente mille francs par an..	2	2	loc.
Ch. Gabet . . .	Trésor des Dames d.	troupe	»	loc.
Lebreton-Moreau .	Treize jours d'un Parisien (Les) d.	troupe	»	loc.
id.	Treizième spahis (Le) d. .	troupe	»	loc.
id.	Trio de troupiers d.	troupe	»	loc.
Lebreton Téramond	Trois Gosses (Les).	4	4	loc.
Lebreton-Moreau..	Trois Maçons (Les) d.. . . .	4	2	loc.
Lambert-Lebreton .	Truc du Pharmacien (Le). .	4	1	loc.
L. David. . . .	Tu l'as voulu d.	3	1	5 »
Héros Jost. . .	Tziganie dans les Ménages (La) d	troupe	»	loc.
Javelot . . .	Un amour d'épicier.	2	1	4 »
P. Henrion . .	Un charcutier dans les fers.	1	1	4 »
Chassaigne. . .	Un Coq en jupons	1	1	4 »
Banès	Un do malade	2	1	5 »
Wachs.	Un domestique pour rire. .	1	1	4 »
Moreau-Gramet.	Un dragon pour deux. . . .	3	2	1 »
G. Laurens . .	Un futur sur le gril.	2	1	4 »
Ch. Malo . . .	Un gendre à poigne.	2	2	5 »
Pericaud. . . .	Un hercule qui ne veut pas se rouiller	2	1	4 »
Cambillard. . .	Un mariage à la force du poignet	1	1	3 »
Ch. Malo . . .	Un mariage au flageolet. . .	1	1	4 »
Dauphin. . .	Un mariage en Chine d. . .	4	1	6 »
Bernicat. . . .	Un mari à l'essai	1	1	4 »
Pericaud. . . .	Un mari en grande vitesse .	3	1	4 »
L. Collin. . . .	Un mauvais conscrit	2	»	4 »
Chassaigne. . .	Un 1er jour de ménage. . . .	1	1	4 »
F. Barbier . . .	Un souper chez Mlle Contat.	»	2	5 »
Bernicat. . . .	Une aventure de la Clairon .	2	2	6 »
Lebreton-Blairat. .	Une Consultation d.	4	3	loc.
Garnier-Vallès .	Une Corbeille de Noce. . . .	5	3	loc.
E. André . . .	Une drôle de Marquise . . .	2	1	3 »
Claments . . .	Une étoile d'antichambre d .	2	1	5 »
Jouhaud. . . .	Une femme du quart du monde	2	»	4 »
Villebichot. . .	Une femme qui bégaie d. . .	3	»	6 »
L. Roques. . .	Une femme tombée du Ciel .	1	1	5 »
Villebichot. . .	Une fille à trucs	3	1	4 »
Liouville. . . .	Une fille en loterie	2	»	4 »
Touzé-Monjardin	Une intrigue chez les Mouchamiel.	2	»	loc.
Desormes. . . .	Une lune de miel normande	1	1	4 »
L. Collin. . . .	Une mariée sans mari . . .	1	»	4 »
Ed. Lhuillier. .	Une marine à vapeur. . . .	1	8	3 »
Desormes . . .	Une mauvaise connaissance.	3	»	5 »
Moreau-Darsay	Une mauvaise nuit.	2	2	loc.
Ch. Gabet . . .	Une nourrice sur lieu d. . .	2	4	loc.
Moreau-Dorfeuil.	Une nuit de Paris d.	troupe	8	loc.
Duhem.	Une partie à Robinson . . .	2	»	4 »
Wachs.	Une pleine eau à Chatou . .	2	»	4 »
Bernicat. . . .	Une poule mouillée.	1	1	4 »
De Paniagua. .	Une sale Histoire d.	3	2	loc.
Chassaigne. . .	Une table de café.	2	»	4 »
Robillard. . . .	Une tempête conjugale. . . .	1	»	4 »
Liger-Aubrun .	Urticaire (L').	4	1	loc.
R. Planquette	Valet de cœur	1	1	4 »
J. Walter . . .	Végétariens (Les) d.	troupe	1	loc.
Robillard. . . .	Vengeance de Ramolli (La).	2	2	4 »
L. Roques. . .	Vénus infidèle (Retour de mars) d.	1	2	4 »
Moreau-Boucherat.	Vert galant.	6	1	loc.
Lebreton-Moreau .	Vierges du chahut (Les) d. .	troupe	1	loc.
Desgranges. . .	Vieux Sorcier d.	3	3	loc
Burani-Planquette.	Vingt-huit jours de Champignolette d. . .	6	1	loc.
Ratcée-Corbeau	Vive la Classe d	7	8	loc.
Norman-Vallès.	Vive les Bleus.	7	4	loc.
Chaudoir. . . .	Voilettes magiques (Les). . .	1	1	5 »
Lebreton-Moreau .	Vocation d'Isoline (La) . . .	1	2	4 »
Jacobi.	Voilà l'plaisir, mesdames. .	2	2	4 »
Ch. Hubans . .	Voiture à vendre d. . . .	2	4	loc.
Lebreton-Moreau .	Volontaire de 92 (Le) d . . .	troupe	4	4 »
Tac-Coen . . .	Volontaire et vivandière. . .	1	2	1 »
P. Talber. . . .	Volupté des dames (La). . .	4	3	loc.

Livrets d'opérettes et de vaudevilles, net : 1 franc.

Pour la location de l'orchestre ou l'abonnement, s'adresser à l'Éditeur.

POUR LES GRANDS OUVRAGES DU RÉPERTOIRE

CONSULTER LE CATALOGUE SPÉCIAL DES

OUVRAGES DE THÉATRE

QUI EST ENVOYÉ **FRANCO** SUR DEMANDE

MM. les Directeurs sont priés de s'adresser à l'Éditeur pour le conducteur et les parties d'orchestre ainsi que pour le service des pièces nouvelles.

Des envois de livrets à choisir sont faits sur demande en port dû aller et retour.

Vanves. — Imp. Lafolye. — 797-1900.

www.ingramcontent.com/pod-product-compliance
Ingram Content Group UK Ltd.
Pitfield, Milton Keynes, MK11 3LW, UK
UKHW020959230726
13924UKWH00009B/133